오늘보다 내일
더 사랑할게요

소중한 마음을 담아…

님께

드림

년 월 일

오늘보다 내일 더 사랑할게요

발행일 2019년 1월 15일

지은이 한 그 림
그린이 공 이
펴낸이 손 형 국
펴낸곳 (주)북랩
편집인 선일영 편집 오경진, 권혁신, 최예은, 최승헌, 김경무
디자인 이현수, 김민하, 한수희, 김윤주, 허지혜 제작 박기성, 황동현, 구성우, 정성배
마케팅 김회란, 박진관, 조하라
출판등록 2004. 12. 1(제2012-000051호)
주소 서울시 금천구 가산디지털 1로 168, 우림라이온스밸리 B동 B113, 114호
홈페이지 www.book.co.kr
전화번호 (02)2026-5777 팩스 (02)2026-5747

ISBN 979-11-6299-502-0 03810 (종이책) 979-11-6299-503-7 05810 (전자책)

이 도서의 국립중앙도서관 출판예정도서목록(CIP)은 서지정보유통지원시스템 홈페이지(http://seoji.nl.go.kr)와 국가자료공동목록시스템(http://www.nl.go.kr/kolisnet)에서 이용하실 수 있습니다.
(CIP제어번호 : CIP2019001658)

오늘보다 내일
더 사랑할게요

글 한그림
그림 공 이

| 머 | 리 | 말 |

오선지에 그리다

세 번째 책을 냈을 때, 다음 시집을 더 쓰느냐, 마느냐에 대한 고민이 있었다. 나는 숫자에 굉장히 민감하다(색깔과 이름에 또 민감하다). '3'이라는 숫자는 내게 매우 안정감을 주고 완성된 느낌을 주는데, '4'는 그렇지가 않다. 그렇다고 '5'도 싫다. '6'이라는 숫자는 매우 좋아한다. 수학에서 6은 완전수라고 부른다. 나는 색깔 조합도 이 6이라는 숫자에 맞춘다. 어찌됐든 나는 결국 네 번째 시집을 냈고, 그것은 여섯 번째 책까지 내겠다는 각오였다. 그리고 다섯 번째와 여섯 번째 시집은 한 번에 내야겠다는 생각을 했다(지금 생각하면 정말 아찔한 생각이었다). 그리고 마침내 한 번에 두 권의 책을 완성하여 머리말을 적고 있다.

나는 디즈니와 마블 영화를 매우 좋아한다. 올해 봤던 "인피니티 워" 역시 개봉한 당일에 본 기억이 난다. 최강의 빌런이라 불리는 '타노스'는 여섯 개의 '인피니티 스톤'을 모아서 전 우주 생명체의 반을 날려 버린다. 영화는 마블 영화 최초로 패배, 그리고 새드엔딩으로 막을 내린다(물론 다음에 이어질 영화에서는 다시 영웅들의 승리하는 모습을 그릴 테지만). 내가 집필한 책들이 인피니티 스톤은 아니지만, 이 여섯 권이 모여서 사람들의 반, 아니 반의반이라도, 아니 십분의 일이라도 감동을 줄 수 있다면 더 이상 바랄 게 없다는 심정으로 여섯 권을 채웠다.

'오선지에 그리다'라는 제목에 맞게 음악 얘기를 할까 한다. 많은 사람들이 그렇겠지만 나는 음악을 좋아한다. 가요는 물론 팝송, 영화 OST, 가끔은 재즈나 클래식도 즐겨 듣는다. 장르도 거의 가리지 않는다. 나는 특히 노래를 듣거나 부를 때 가사에 많이 주목한다. 종종 내 마음을 크게 울리는 가사의 노래들은 몇 번이나 다시 듣고 흥얼거린다. 어떻게 이런 가사를 쓸 수 있을까 생각하며 작사가를 확인하기도 한다. 아무리 멜로디가 좋고 가수가 노래를 잘해도, 가사가 별로면 난 그 노래에 그렇게 애정이 생기지 않는다. 가사가 좋은 노래들은 듣고 부르는 사람들에게 행복을 주기도 하고 위로를 주기도 한다. 나도 언젠가는 사람들에게 그런 선물을 하고 싶다고 생각한다.

글을 쓰는 것도 노래 부르는 것과 유사한 점이 많다. 글과 말의 차이랄까, 혹은 곡조의 유무의 차이랄까. 좋은 글귀의 노래는 가사만 보면 시처럼 느껴질 때가 있다. 반대로 좋은 시에 가락을 넣어 흥얼거리면 좋은 노래가 된다. 그리고 실제로 그런 예시들이 많다. 나도 가끔은 노래가 되었으면 하는 심정으로 시를 쓸 때가 있다. 어렸을 때 배웠던 피아노를 꾸준히 이어갔더라면 작곡도 배울 수 있지 않을까 생각이 들어 아쉽다. 지금은 그저 코드 악보를 보면서 기타를 치는 게 전부다. 그래도 누군가에게는 내가 쓴 시가 행복과 위로를 선물하는 노래로 들렸으면 한다.

네 번째 책을 냈을 때와 지금은 매우 많은 것이 바뀌었다. 똑같은 일을 하고 있지만 직장을 여러 번 옮겼고, 교회에서는 다시 고등부 교사를 하고 있다. 정들었던 곳을 떠나 이사를 갔다(다시 돌아가겠다는 각오로 열심히 살고 있다). 어렵고 힘든 때도 많았지만, 그래도 지금은 웃으면서 돌아볼 만한 기억들이다.

고맙고 미안한 사람들 이야기로 마무리하려 한다. 까다로운 나와 잘 놀아 주는 친구들, 까칠한 나를 챙겨 주는 가족들, 함께 일하는 선생님들, 또 같이 어울리는 선생님들, 나를 가르쳐 주신 선생님들과 교수님들, 또 나에게 선생님이라 부르며 따르는 제자들, 마지막으로 너무나 맘에 드는 삽화를 그려 준 공이에게 고맙고 미안하다는 인사를 하고 싶다.

2018년 겨울, 크리스마스와 연말 분위기로 어수선한 밤에
어디서나 졸린 눈으로 지은이 씀.

차례

머리말 오선지에 그리다 • 4

1st... 젠틸레

세계 일주를 빨리 하는 법 • 10
부푼 생각 • 12
봄의 바다 • 14
왔다갔나 봄 • 16
신호등 • 18
다른 이유는 없었다 • 20
나무를 심는 방법 • 22
둘 중에 하나 • 24
당연하지만 놀라운 사실 • 26
꼭이라는 말 • 28

2nd... 수아베

오늘보다 내일 더 사랑할게요 • 32
첫눈 아닌 첫눈 • 34
소녀와 인형의 꿈 • 36
듣고 있니 • 38
꿈꾸는 열매 • 40
내가 믿는 이유 • 42
마음의 허전함 • 44
사랑의 색깔 • 46
모닝콜 • 48
미뤄지는 고백 • 50

3rd... 돌렌테

이별하고 눈물이 나도 • 54
슬피 우는 까닭을 • 56
커플 이모티콘 • 58
내게서 당신을 빼면 • 60
눈물 젖은 팝콘 • 62
너는 쉽고 나는 어렵고 • 64
괜찮다는 거짓말 • 66
재채기와 사랑 • 68
상사병 • 70
손편지 • 72

4th... 브릴란테
비누꽃 • 76
부릉부릉 • 78
너무 큰 자리 • 80
일월의 서약 • 82
이월의 사랑비 • 84
삼월의 길 • 86
사월의 보석 • 88
영혼의 그림 • 90
사랑의 스포일러 • 92
전라도 소네트 • 94

5th... 아마빌레
무한반복 • 98
좋아하는 색 • 100
의심하지 말아요 • 102
꽃과 나무의 오해 • 104
눈동자 안에서 • 106
프리허그 • 108
완벽한 핑계 • 110
속삭여 주세요 • 112
호빵보다 따뜻한 • 114
그냥이라는 말(2) • 116

fin... 칸타빌레
동전보다 더 빛나는 • 120
나만 들리는 노래 • 122
너만 있는 매력 • 124
완벽하신 • 126
너를 옮겨 적는다 • 128
기우제 • 130
사랑의 증인 • 132
아름다운 영혼 • 134
윤슬 • 136
이 시를 당신이 본다면 • 138

꼬리말 좋아하면 닮는 것 • 140

bonus 마음을 그리는 편지 • 142

첫 번째 이야기

젠틸레

숨을 들이마실 때마다 누군가에 홀린다면,
발걸음이 닿는 곳마다 누군가에 젖는다면,
그것은 확실히 사랑이다.

세계 일주를 빨리 하는 법

먼 길을 빨리 가는 방법은
사랑하는 사람과 함께 가는 거라지.

우리 함께 눈 깜짝할 사이
세계 일주를 하자.

너랑 함께하는 그 어디나
나에겐 하늘나라야.

부푼 생각

그림을 그리고,
노래를 부르고,
시를 쓰고.

그럴 땐 네 생각이 커진다.
지금도 그렇다.

봄의 바다

2월에 머문다고 겨울이 아니고,
입춘이 왔다고 봄이 아니다.
겨울과 봄 사이의 애매한 시간.

물이 있다고 바다가 아니고,
파도가 떠났다고 뭍이 아니다,
바다와 뭍 사이의 모호한 공간.

계절이 그러하듯,
또 장소가 그러하듯,
누군가를 품었다고 사랑이 아니고,
누군가를 모른다고 사랑 아닌 게 아니다.
사랑과 사랑 아닌 것 사이의 희미한 경계.

햇발의 한 가운데서 봄꽃에 홀린다면
그때는 확실히 봄이다.
물결의 한 가운데서 온몸이 젖는다면
그곳은 확실히 바다다.

숨을 들이마실 때마다 누군가에 홀린다면,
발걸음이 닿는 곳마다 누군가에 젖는다면,
그것은 확실히 사랑이다.
사랑의 봄이다 사랑의 바다다.
봄의 바다에 빠진 사랑이다.

왔다갔나 봄

언제 오나 싶으면 와 있고,
이제 왔나 싶으면 가고 없구나.

봄 같은 너.
너 같은 봄.

너를 사랑하나 봄.

신호등

빨강 신호가 너무 길다.
애절하게 간절하게
초록 신호를 기다린다.

오랜 기다림 끝에 신호가 바뀌고,
간신히 첫 발을 내딛는다.

깜빡 깜빡
한 걸음도 못 가서
초록 신호가 깜빡인다.

너한테 가기까지
시간은 너무 짧고,
거리는 너무 멀다.

다른 이유는 없었다

그때가 눈부셨던 까닭은
5월의 햇살이 너무 강해서였다.
딱히 다른 이유는 없었다.

그곳이 향기로운 까닭은
5월의 꽃들이 너무 많아서였다.
특별히 다른 이유는 없었다.

내 가슴이 두근거리고
머리가 어지러워 휘청거린 까닭은,
햇살과 꽃들의 핑계를 댈 수 없었다.
정말이지 아무리 생각해 봐도
너 말고는 다른 이유가 없었다.

나무를 심는 방법

나무를 심을 때,
땅을 살짝 파고,
나무의 씨를 뿌리고,
흙을 덮고,
그리고 끝이랍니다.
나머지는 신의 몫이지요.
어떤 꽃이 피고,
어떤 열매가 맺힐지,
그것도 신의 뜻이랍니다.

서로가 사랑할 때,
마음을 살짝 열고,
사랑의 씨를 뿌리고,
두 손으로 덮고,
그리고 끝이랍니다.
역시 나머지는 신의 몫이지요.

둘 중에 하나

생각해 보자.
어떻게 우리가 만나
서로 사랑하게 됐는지를.

아무리 생각해 봐도
둘 중에 하나가 아닌가 싶다.

내 간절한 사랑의 외침을 네가 듣고,
너 또한 메아리가 되어 내가 듣고,
각자가 그 아득한 소리를 따라서
서로가 마주치게 되었는지.

내 애절한 사랑의 기도를 신께서 듣고,
너 또한 기도하는 걸 신께서 또 듣고,
엇갈리게만 가던 우리 방향을 틀어
서로를 마주치게 하셨든지.

당연하지만 놀라운 사실

사람은 말이야,
살아가면서 단 한 번도
자기 얼굴을 직접 볼 수 없어.

사진이나 영상으로 볼 수 있지만
그것은 직접 보는 게 아니지.
또 멈춰 있거나 똑같이만 움직이니까.
거울에 비춰 볼 수 있지만
그것도 직접 보는 게 아니지.
또 그 모습은 실제랑은 정반대라니까.

그래도 내 얼굴을
가장 정확하게 보는 방법을 꼽자면
사랑하는 사람을 통해서 보는 거야.
내가 너고 네가 내가 되면
그보다 좋은 방법이 어디 있겠어.

꼭이라는 말

꼭이라는 말.
내가 너에게 할 때,
네가 나에게 할 때,
같은 말이어도 무게가 다르다.

내가 말하는 꼭은
잘 이뤄지지 않는다.
네가 말하는 꼭은
안 이뤄지지 않는다.

내가 말하는 꼭이
더 무거울 텐데.
네가 말하는 꼭이
더 가벼울 텐데.

말이라는 것은
주는 사람의 마음의 무게보다
받는 사람의 마음의 무게에 따라 변한다.

두 번째 이야기

수아베

듣고 있니 너?
내 마음을 세상에 말하긴 쉬운데
너한테 전하는 건 너무 어렵다.

너는 내 맘에
예쁜 풍선 하나와,
투명한 물병 하나와,
향기 나는 초 하나를 두고,
매일 나를 찾아와
바람을 불고 물을 따르고,
또 불을 붙이네.

왜 내 맘에
터지지 않는 풍선을 불어.
왜 내 맘에
마르지 않는 물병을 채워.
왜 내 맘에
꺼지지 않는 촛불을 밝혀.

절대 터지지 않고
줄어들지 않는 풍선.
전혀 마르지 않고
깨어지지 않는 물병.
또 결코 꺼지지 않고
녹아내리지 않는 초.

너로 인해 내 마음은
하늘보다 높이 떠올라,
바다보다 깊게 차올라,
태양보다 뜨겁게 타올라.

오늘보다 내일 더
부풀고 넘치고 또 빛나는 내 마음.

첫눈 아닌 첫눈

오늘 내리는 첫눈은
펑펑 내리지 말아라.
새하얗게 물들지도 말고,
소복이 쌓이지도 말아라.

그 사람 꿈에서 깨고 나면,
언제 그랬냐는 듯이
마냥 맑은 하늘로 돌아오라.

어느 누구도 첫눈이 내렸노라,
쉬이 귀띔하지 말아라.

우리가
함께 있을 때 내리거나,
같은 하늘을
바라보고 있지 않을 때 내리면
첫눈이어도 첫눈이 아니어라.

소녀와 인형의 꿈

정갈한 글씨 위로 꿈이 내려앉는다.
소녀는
가장 예쁜 종이에,
가장 예쁜 펜으로,
가장 예쁜 마음을 끼적이려다
스르르 꿈의 중력에 끌려간다.

인형은 소녀의 머리맡에서
소녀가 적은 글씨를 보고 또 보다가,
이내 소녀의 꿈속으로 찾아들고,
소녀는 인형과 만나 구름 위에서
천사들의 노래와 이야기를 듣는다.

형용할 수도 설명할 수도 없는
천사들의 가장 예쁜 말과 글을
소녀는 혹시나 잊을까 되새기고
인형에게 몇 번이고 말하지만,
이곳에서 떠나고 나면
소녀는 기억을 잃고
인형은 말을 잃으리라.

듣고 있니

아득한 밤에 홀로
침대에 앉아 책을 읽는다.

고요함을 견디지 못해
라디오를 듣는다.

수많은 신청곡과 사연들.
설마 읽어 주겠어?
주저리주저리 속마음을 털어놓고
네가 좋아하는 노래를 신청한다.

차분하고 조용한 목소리의 DJ가
내 이름을 부르고,
네 이름을 부르고,
내 마음을 전한다.
그리고 이내 노래가 흘러나온다.

듣고 있니, 너?
내 마음을 세상에 말하긴 쉬운데
너한테 전하는 건 너무 어렵다.

꿈꾸는 열매

꿈꾸는 열매가 열리는 나무 아래
어떤 어여쁜 영혼 하나가 찾아와,
먹음직스러운 열매를 하나 따다가
입에 갖다 대고 와삭 하고 물었다.

꿈꾸는 열매를 먹은 영혼은
이내 깊은 잠에 빠져들고,
인간으로 태어나 살아가는 꿈을 꾸리라.

진정한 짝을 만나 사랑하다가
인간의 꿈에서 아주 깊은 잠에 들면,
비로소 꿈꾸는 열매가 열리는 나무 아래
오랜 꿈을 마친 후 눈을 뜨고,

미처 사랑을 이루지 못한 영혼들은
몇 번이고 다시 태어나 살아가면서,
오롯이 꿈꾸는 열매가 열리는 나무의
잔인하고 아름다운 과제를 마치리라.

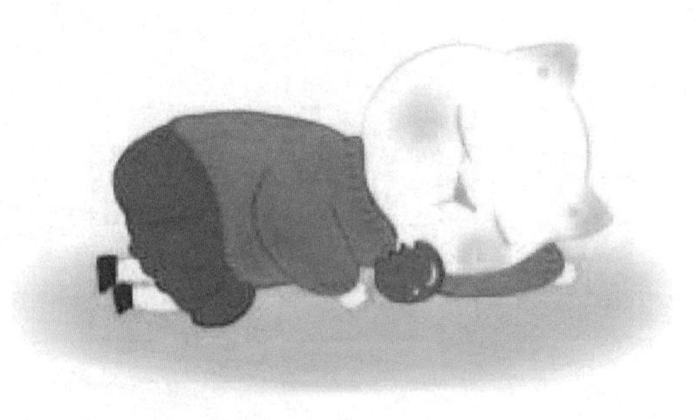

내가 믿는 이유

귀신이 없다 말하던 사람도,
실제 귀신을 보고 나면
그때부터 귀신이 있다고 말해.

난 너를 만난 후로
천사를 믿고,
요정을 믿고,
또 운명을 믿는다.

마음의 허전함

외로운 때에
그 사람이 눈에 들어와
내가 그 사람을 사랑하게 된 것이 아니라,

그 사람을 만나기 전에
내 마음의 허전함은,
그 어떤 사람들과의 만남으로도
도무지 채울 수 없던 것이었네.

비로소
그 사람을 만남으로
넘치도록 채울 수 있었네.

나는 가끔 죄스럽게도
다른 이들의 사랑을 부러워했었다.

나에게 없는 것,
너에게 없는 것,
우리에게 없는 것들을 부러워했었다.

지금 나는
다른 이들의 사랑이 부럽지 않다.

나에게만 있는 것,
너에게만 있는 것,
우리에게만 있는 것들을
다른 사람들이 부러워하는 걸 알았기에.

사랑의 색깔은
저마다 다른 거니까.
우리의 색깔을 다 칠하기에도
인생은 너무도 짧다.

모닝콜

아침잠이 많아서
나를 깨우려 아이유는 서른 번의 노래를 부른다.
알람은 오히려 자장가 같아서
나는 더 깊은 잠으로 빠진다.

근데 신기하게도
네 전화소리에는 기가 막히게 깬다.
여보세요? 잘 잤어?
단순하고 소박한 인사에 비로소 해가 뜬다.
밤새 악몽에 시달렸어도 웃으면서 잠이 깬다.

이제 전화를 끊고 다시 잠들려 한다.
나는 분명히 달콤한 꿈을 꾼다.

미뤄지는 고백

이제는 말하리라 다짐하고,
막상 너를 만나니 몸이 굳는다.
내가 알던 너는 오늘도 새로워서,
나는 또 한 번 네게 반해버렸다.

유려한 말과 화려한 글로
네게 전하고 싶지만,
네 앞에서 머뭇머뭇하다
오늘도 기회를 놓쳐 버렸다.

현기증이 나고 어지럽다.
아찔한 네 향기에 취해
내가 땅 위를 걷는지,
하늘 위를 걷는지 모르겠다.

세 번째 이야기

돌렌테

기억은 흐르지 않고,
미련은 마르지 않고,
후회는 가득 적시네.

이별하고 눈물이 나도

기억은 흐르지 않고,
미련은 마르지 않고,
후회는 가득 적시네.

슬피 우는 까닭을
그대가 알 리 없겠지요..

내가 말하지 않았으니,
그대 들으려 하지 않으니.

생각해 보니,
그 까닭이 아닌
우는 것조차 알 수가 없겠지요.

내가 보이지 않았으니,
그대 보려 하지 않으니.

커플 이모티콘

너와 주고받던 커플 이모티콘.
너무도 예쁘고, 귀엽고,
또 사랑스러운 그림들.

그렇게 자주 쓰던 이모티콘이
지금 다시 들여다보니,
이렇게 슬프고 아픈 표정과 몸짓이었나.

귀엽고 예쁜 그림이 아닌,
가엽고 아픈 그림이었나.

내게서 당신을 빼면

당신에게서 나를 빼면
당신은 그대로 남지만,
내게서 당신을 빼면
나는 아무것도 아닙니다.

하늘을 뺏으면
새들은 날 수 없고,
바다를 뺏으면
물고기들은 살 수 없습니다.

내게서 당신을 빼면
살기야 살겠지요.
먹고 마시고 또 가끔은 웃을 테지만
그게 무슨 의미가 있겠습니까.

내게서 당신을 빼면
보는 것도 듣는 것도,
말하는 것도 숨 쉬는 것도,
의미 없는 의미일 뿐입니다.

눈물 젖은 팝콘

앞으로 개봉하는
모든 마블 영화와
디즈니 영화를 함께 보자.

이렇게 고백했었는데
지금 너무 후회되는 건,

그 영화들 개봉할 때마다
이렇게 아플지 몰랐어.

너는 쉽고 나는 어렵고

너한테는 너무 쉬울 거야.
나보다 좋은 사람 만나는 일.
사실 너는 나 같은 사람한테
너무나 과분한 사람이었으니까.

나한테는 너무 어려울 거야.
너보다 좋은 사람 만나는 일.
아니 어쩌면 불가능하겠지.
사실 너는 내가 만난 사람 중에
최고였으니까.

나는 다른 누구를 만나도
남몰래 울다가 웃다가
평생 너를 마음에서 뺄 수 없겠지만,
너는 내 이름이나 얼굴
아주 쉬운 것들만 기억하다가도
곧 나를 지워 버리겠지.

그러니까
부디 나보다 조금만 더 좋은 사람 만나.
간혹 나 때문에 울거나 웃지는 않더라도
그런 사람이 있었지 하고 생각할 때마다,
기억 속의 내가 환히 웃어 줄 수 있게.

괜찮다는 거짓말

억지로
밝은 척, 환한 척, 괜찮은 척해 봐도
남들 눈엔 아닌가 봐.
아프냐고 슬프냐고 괜찮으냐고 묻네.

나는 아무 일도 없고 괜찮아요
나 말고 다른 사람이 일이 있어서 이래요.
이제는 우리가 아닌 다른 사람의 너.

재채기와 사랑

누가 말했던가?
재채기와 사랑은 숨길 수 없다고.

재채기는 하려다가 못 하면
갑갑하고 답답한데,

사랑은 안 하려다가 하게 되면
갑갑하고 답답하네.

상사병

나는 상사병이 거짓인 줄 알았네.
그냥 외롭고 그리운 마음에
아픈 체하며 앓는 척하는 줄 알았네.

내가 아프고 앓고 나서야
이제야 그것이 참인 줄 알았네.

아직도 믿지 못하는 사람들은
겪어 보면 알 테니 조급할 게 없네.

손편지

손편지를 쓰려고 편지지를 샀다.
빨강, 주황, 노랑, 초록, 파랑, 보라에
하양을 섞은 파스텔 느낌의 예쁜 편지지.
한 달에 한 번 손편지를 써 주겠다고 약속했다.

그렇게 나는 너에게 여섯 번의 편지를 써 주고,
우리는 반년을 사랑하다가 그렇게 이별해 버렸다.

일 년에 한 번씩 써 준다 했으면 더 오래 만났을까?
편지지를 잔뜩 사 놓았더라면 헤어지지 않았을까?
떠난 이에게 말해 무엇 하나만은,
그래도 난 그 편지를 쓸 때 행복했었다.

네 번째 이야기

브릴란테

하나둘씩 꽃들이 채워질 때마다,
우리 추억도 함께 채워졌다.
우리가 헤어지기 전까지.

비누꽃

생화는 언젠가
꽃잎도 시들고 향기도 사라지니까.
그래서 나는
네게 장미 모양의 비누꽃을 선물했다.

특별한 날에,
특별하지 않은 날에,
갖가지 색깔로 만들어진
비누꽃을 한 송이씩 선물하면
너는 그것을 커다란 꽃병에 꽂았다.

하나둘씩 꽃들이 채워질 때마다,
우리 추억도 함께 채워졌다.
우리가 헤어지기 전까지.

너는 그 꽃들을 어떻게 했을까.
나의 작은 바람이 있다면
한 잎씩 따서 네 고운 손 씻어 주길.
꽃과 함께 추억은 사라진대도
네 손에 향기로나마 남을 수 있게.

부릉부릉

부릉부릉
차를 타고 가자.

너와 함께 탄다면
차에도 날개가 달려,
우리는 어디로든
날아갈 수 있어.

하늘 아주 높이 올라
땅 위의 사람들이 개미처럼 보이고,
어쩌면 구름을 뚫고 올라가
아예 보이지 않게 돼도 상관없어.

내 옆에 앉은 너는
뚜렷이 보이는걸.

너무 큰 자리

내 스마트폰 배경화면,
너한테 전화가 오면 뜨는 화면에도,
모든 SNS 프로필 사진과
내 지갑, 내 책상 위 작은 액자,
그리고 내 목걸이 안에도 네가 있고,

무엇보다 내 마음속에
네가 너무 크게 자리 잡았다.

임이여,
이제 슬픈 책은 접어요.
더 이상 눈물 흘리며
아픈 노래를 들을 필요도 없습니다.

주옥같은 말이나 글로
서로의 맘을 전하지 않아도 돼요.
우리는 이미 답을 알고 있습니다.

영원이란 말을 그동안 아껴왔죠.
고이 접어두었던 그 말을 이제 꺼내어
우리의 서약 앞에 올리렵니다.

이리 와서 우리의 서약을 읊어요.
다 읽고 나서는 마지막에
우리 이름을 적어야 해요.

연필로 끼적였다가,
지우개로 지우면 사라지는
그런 쉬운 사랑의 서약이 아니랍니다.

우리 맘을 담은 만년필을 꺼내어
우리의 예쁜 이름을 적어요.
이 서약은 지워지지도 않고,
찢어질 수도 없습니다.

* 이 시를 친애하는 임주영님과 이연우님 부부에게 드립니다.

이월의 사랑비

민트색 하늘 위로
구름 솜사탕이 몰려든다.

해가 구름에 가리자
이내 물방울을 떨어뜨린다.

인연의 끈으로 엮인 남녀가
달콤한 비에 흠뻑 젖어 버린다.
비의 이름은 사랑이었으랴.

이슬비가 소낙비가 되고
빗물이 가슴까지 차오른다.

종소리가 울리자
이내 빗방울이 가늘어진다.

욱광이 나타나 남녀를 비추고,
둘은 서로에게 흠뻑 취해 버린다.
빛의 이름은 운명이었으랴.

* 이 시를 친애하는 해인이와 이종욱님 부부에게 드립니다.

이제껏 나는 스스로에게서
나의 가치를 찾으며 살아왔죠.
앞으로 나는 당신에게서
나의 가치를 발견하려 합니다.

승리하였을 때 맛보는 기쁨보다
당신을 웃게 할 때의 보람이
내겐 더 달콤하게 느껴집니다.

희로애락을 같이 나누고
사랑과 아픔도 함께 나누어야겠지요.
다른 사람들과 나누지 못한 것들을
이제 우리는 모두 나눠야 합니다.

유독 나는 아픔을 나누지 못하고
홀로 괴로워하는 날들이 많았죠.
당신을 만나고 나는 더 아프지 않습니다.

정녕 당신은 내게 딱 맞는 사람이지요.
우리는 발을 맞춰 함께 걸을 거예요.
어쩌면 우리 앞에는 꽃길만이 아닌
어렵고 두려운 가시밭길이 있을지도 몰라요.

하지만 이것은 확신할 수 있어요.
우리 사랑은 더 커질 테지만
아픔은 어느새 사그라질 것입니다.

* 이 시를 친애하는 이승희님과 유정하님 부부에게 드립니다.

사월의 보석

유치하고 촌스러운 나였는데
너는 나를 성숙하고 우아하게 만들었지.

은을 연단하고 금을 제련하듯
넌 내게서 값진 것을 끌어냈어.
덕분에 난 빛나는 사람이 됐고.

영원히 갚아도 모자랄 네 사랑에
내가 어떻게 보답해야 할까?
아무리 고민해도 어려운 것이었지.

임금을 모시듯 떠받들까?
황제를 섬기듯 치받들까?
이런 얘기에도 넌 괜찮다고 웃기만 하니,
내가 어찌 널 사랑하지 않을 수 있겠어.

수많은 날을 너와 함께 살면서
평생 갚아 나가야 할 빚이지만,
난 세상에서 가장 행복한 채무자가 될 거야.

현란하고 화려하게도 빛난다.
나를 빛나게 해 준 너라는 보석.
나는 너와 있을 때 더 빛난다.

* 이 시를 친애하는 유은영님과 임수현님 부부에게 드립니다.

영혼의 그림

태어나고 살아오면서
우리는 각자의 삶을 살았다.
나를 위해 웃고, 나를 위해 울고,
그리고 나를 위해 사랑하고.

민민한 나를 스스로 가여워할 때쯤
너는 내게 나타났고, 나는 네게 다가갔다.
우리는 각자의 도화지를 꺼내어
서로의 마음을 그렸다.

희디흰 종이 위에
사랑색 물감을 칠하니
우리 영혼은 연홍색으로 물들었다.
그리고 나와 네가 아닌 우리를 그렸다.

진정 우리는 이럴 줄 몰랐다.
삶의 여정 중 스쳐가는 점이라 생각했는데,
이리도 곱디고운 색으로
걷잡을 수 없을 만큼 크게 번질 줄이야.

* 이 시를 친애하는 태민샘과 희진샘에게 드립니다.

사랑이 어찌 아름답기만 하랴.
가끔은
다투고 싸우고 화가 나고,
서럽고 서운하고 서글프고,
아쉽고 아프고 아련하고 그런 거지.

그러다 다시금
외롭고 그립고 보고 싶다가,
이내 누가 먼저든
미안하다, 사랑한다는 말을 꺼내고 말지.

사실 너무 좋기만 해도 재미없지.
누군가 관객이라면
우리가 찍는 영화는
어느 정도 갈등도 있어야 재밌을 테니.

너만 알고 있어.
사실 나는 신에게 스포를 들었지.
우리는 결국 예쁜 해피엔딩이라고,
우리는 마침내 사랑을 완성할 거라고.

전라도 소네트

아야, 잘 들어 봐라잉.
내가야 니 참말로 좋아한당께!
니만 생각하믄 내 심장이 거시기해브러!
어째쓰까잉!
나으 가슴이 요로코롬 뛰어분디!

나는 맨 니 생각만 한디— 어찌냐?
있냐, 니는 시상 귄 있는 사람이여.
낯짝은 천사 맹키로 반반해불고.
참말로 어째쓰까잉?
아따메, 이러다 디져불겄당께!

염병, 나가 시방 뭔 소릴 한다요?
요라고 말함서도 아죠 겁나게 보고 잡네.
시방 그짝으로 간다잉.
아 그라고, 우리 아죠 평생 같이 살아 불자!

다섯 번째 이야기

아마빌레

그 작은 입김으로
호빵을 불었는데
내 마음이 날아가 구름에 닿았네.

무한반복

만나고 헤어질 때,
통화하고 끊을 때,
아쉽고 그리운 맘에,

잘 가,
혹은
잘 자,
인사만 수백 번.

우리는 끝없이
작별인사를 하고
다시 만나네.

좋아하는 색

— 무슨 색 좋아해요?

그제는 하양이고,
어제는 까망이고,
오늘은 빨강이요.

— 왜 계속 색깔이 바뀌어요?

오늘 당신은 빨강을 입었어요.

의심하지 말아요

낮에 뜨는 저것이
해가 아니라 달일지 모르고,
밤에 뜨는 저것이
달이 아니라 해일지 몰라도,

혹시나
남극에 북극곰이 살지 모르고,
북극에 펭귄이 살지 몰라도,

어쩌면
호랑이가 풀을 뜯어 먹을지 모르고,
토끼가 호랑이를 사냥할지 몰라도,

그대를 향한 내 사랑은
한 치 의심할 여지가 없습니다.

꽃과 나무의 오해

꽃과 나무는 그런 줄 알 거야.
세상 모든 것들이
자기들을 위해 존재한다고.

해는 자기들을 위해 빛을 비추고,
비는 자기들을 위해 뿌리를 적시고,
또 바람은 잎사귀와 가지를 춤추게 한다고.

근데 그런 꽃과 나무도
사실은 널 위해 존재하는 거야.

눈동자 안에서

우리는 서로
다른 곳에서 태어났고,
다른 곳에서 자랐고,
다른 곳에서 일했고,
다른 곳에서 사랑했었네.

가깝고도 먼 곳에서
각자의 삶을 살았지만,
이제 우리가 같이 사랑했으니,
내가 영원히 눈 감는 곳은
그대 눈동자 안이고 싶어라.

프리허그

많은 걸 바라지 않아요.
달콤한 사랑의 속삭임도,
남들이 부러워할 만한 선물도,
그저 주머니 속의 손을 빼고,
나를 향해 팔을 활짝 열어 주세요.

그럼 나는
못 이긴 척 허리를 감싸고,
품에 얼굴을 파묻고,
그대 향기와 온기에 취할지도 몰라요.

잠시나마 영원을 허락해 주세요.
두 손이 머쓱하면
머리를 쓰다듬어 주거나
등을 토닥여 주어도 좋아요.

다만 너무 세게 끌어안지 말아요.
내 눈물샘이 터져서
어쩌면 함께 물에 잠겨 버릴지 모르니.

완벽한 핑계

우리는 인간이라
완전하지 못해요.
그래서 신은
서로 사랑하라고 말씀하셨죠.

우리가 서로 사랑한다 해도
우리는 완전하지 못해요.
하나가 부족하면
다른 하나가 채워 주면 되고,
또 하나가 미비하면
다른 하나가 메꿔 주면 되는 거예요.

혹시나 둘 다 힘들다면
가끔은 다른 사람들의 도움을 받아도 되고요.
부족함과 미비함이 있어야
사랑을 담을 공간도 있는 거니까요.

서로의 손을 꽉 쥐고 걸어요.
어쩔 땐 밀어 주고 어쩔 땐 당겨 주고,
때로는 서로가 서로를 안고,
위로하고 위로받아도 좋아요.

우리는 인간이라
완전하지 못해요.
하지만 그것은 서로 사랑하기에
가장 완벽한 핑계랍니다.

속삭여 주세요

그대여 속삭여 주세요.
사랑한다는 말을.

큰 소리로 외칠 필요 없어요.
작고 낮은 목소리로 속삭여 주세요.
사람의 목소리 크기는
마음의 거리에 비례한다고 하죠.

나는 그대 들릴 듯 말 듯 목소리도
분명하고 확실하게 들을 수 있답니다.
어쩌면 말하지 않아도 알 수 있지요.
우리 마음의 거리는 0이니까요.

그대여 속삭여 주세요.
사랑한다는 말을.

호빵보다 따뜻한

추운 날 네가 건네 준 호빵.
차가운 손으로 호빵을 잡았더니,
마냥 호빵이 뜨거워서
이름 그대로 호호 불다가,
너도 내 손을 잡고 호호 불어 주었네.

그 작은 입김으로
호빵을 불었는데
내 마음이 날아가 구름에 닿았네.

호빵은 아직 입에도 안 댔는데
단맛이 향긋하게 맴도네.

그냥이라는 말(2)

'그냥'이라는 말은
참으로 모든 것을 담은 말.

난 네가 그냥 좋다.
난 네가 그냥 맘에 든다.

짧은 두 음절 속에
모든 사랑의 이유를 담은 말.

마지막 이야기

칸타빌레

새들과 나무들과 풀벌레들이 부른 노래는
모두 같은 것이었네.
노래 제목은 '사랑에 빠졌다'였네.

동전보다 더 빛나는

조명이 예쁜 공원의 밤.
철길 따라 너와 걷다가
자갈들 사이로 반짝이는 것을 주웠지.
오백 원짜리 동전 하나.

신기한 듯 너는 물었어.
— 그걸 어떻게 보고 주웠어?

그냥 무수한 자갈 사이에서 반짝거렸다고,
오히려 어둠 속에서 더 눈에 띄었다고,
오천 만 사람들 중에서
네가 빛나서 눈에 들어온 것마냥.

나만 들리는 노래

미처 듣지 못했던 노래들이 들리기 시작하네.

아침에 나는 새들의 노래를 들었네.
점심에 나는 나무들의 노래를 들었네.
저녁에 나는 풀벌레들의 노래를 들었네.

새들과 나무들과 풀벌레들이 부른 노래는
모두 같은 것이었네.
노래 제목은 '사랑에 빠졌다'였네.

너만 있는 매력

뭐 그런 것들 있잖아,
사람의 매력.

얘는 이래서 좋고,
쟤는 저래서 좋고,
걔는 그래서 좋고,
그런 거?

근데 너를 알게 된 후로
내가 지금껏 알고 있던
모든 미의 기준과 방향,
다 새롭게 바뀌어 버렸지.

다른 사람의 매력을 네게서 찾을 순 있어도,
너의 매력을 다른 사람에게선 찾을 수 없어.

완벽하신

우리는 정말 기막힌 우연으로 만났고,
누가 먼저랄 것도 없이 사랑에 빠졌다.
내가 알고 있는 걸 너도 알고 있고,
내가 갖고 있는 걸 너도 갖고 있고,
내가 하고 싶은 걸 너도 하고 싶어 했다.
나는 정말 하나님이 완벽하다 믿었다.

우리가 사랑하고 사랑하면서
처음에 발견했던 같은 것보다
서로가 너무 다른 것을 발견했다.
실망도 하고 싸우기도 하면서
크고 작은 상처들을 주고받았다.
나는 그때 하나님도 실수를 하는구나 느꼈다.

하지만 우리가 헤어지고
지금은 각자 새로운 사랑에 눈 떴으니,
맹세컨대 이전의 사랑이 없었더라면
분명 이후의 사랑도 없었으리라.
나는 이제 하나님이 완벽한 걸 의심하지 않는다.

너를 옮겨 적는다

네 말투는 리듬 같아서,
나는 꺼진 라디오를 보고도
고개를 흔들며 박자를 맞춘다.

네 목소리는 멜로디 같아서,
나는 망가진 이어폰을 꽂고도
흥얼거리며 노래를 부른다.

네가 하는 모든 이야기는
아주 설레고 떨리는 시 같아서,
나는 텅 빈 노트를 꺼내들고,
혹시라도 잊어 버릴까,
이렇게 너를 옮겨 적는다.

기우제

너와 함께 걷는 길.
아직은 어색하고 서먹한 우리 사이.
내 한 손에는 네게 선물 받은 우산을 들고,
다른 한 손은 네 손을 잡지 못해
아쉬움만 한 움큼을 쥐었다.

좀 더 가까이 붙고 싶은데
내 심장 소리가 들릴까 겁나고,
네 손을 잡고 걷고 싶은데
네가 놀라면 내가 더 놀랄까.

하늘아, 부탁할게.
구름아, 부탁할게.
잠깐이라도, 조금이라도
비를 내려 주겠니?

우산은 하나라 어쩔 수 없이
우리는 예쁜 우산을 함께 쓸 거야.
그러면 빗소리에 심장 소리도 묻힐 거야.
아무렇지 않게 손을 잡고 팔짱을 낄 거야.

하늘아, 구름아,
그러니 제발 부탁할게.
잠깐이라도, 조금이라도
비를 내려 주겠니?

사랑의 증인

내가 널 사랑하는 걸
세상 모두가 알았으면 좋겠다.

네가 걸을 때 마주치는 사람들도
너를 보고 방긋 웃어 주고,
길가의 고양이들과 작은 꽃들도
네 앞에서 울고 향기를 내뿜고,
TV와 라디오에선 나 대신 너에게
사랑의 고백들을 전해줬으면 좋겠다.

우리가 헤어진다는 상상 따위는
감히 아무도 할 수 없도록,
세상 모두가
우리 사랑의 증인이 되었으면 좋겠다.

아름다운 영혼

아득한 기억 속에서
소년과 소녀가 만나 사랑하고,
함께 아름다운 꿈을 꾸다가,
둘은 아무도 모르게 서로를 떠났다.

영원처럼 느껴지는 외로움,
무한처럼 사무치는 그리움,
소년과 소녀는 이런 말들을 몰랐다.

아련한 추억을 붙들고,
소년과 소녀는 서로를 그리고,
또 그리운 노래를 부르다가,
마침내 아무도 모르게 다시 마주쳤다.

영혼은 서로의 영혼을 알아보는 법.
소년과 소녀의 기다림은 끝났으니,
이제 둘은 이별이란 말을 지웠다.

윤슬

노래를 부르면 기울일까.
그림을 그리면 바라볼까.
노를 저어도 제자리에 머무는
그대 마음 위에 떠서,
나는 하릴없이 바람을 기다립니다.

다가가는 건 할 수 없고,
다가오는 걸 기다리자니
내 마음만 급해져
이내 손으로 잔물결을 만들어냅니다.

윤슬이 일어도 잠잠해지기까지
이리도 오랜 시간이 걸리는데,
마음 한가운데 커다란 무엇을 던져 버리면
어찌 그 마음을 다스리란 말입니까?

이 시를 당신이 본다면

이 시를 당신이 본다면
당신에게 위로가 되었으면 좋겠어요.
과거의 상처가 깨끗이 아물고
새하얀 새 살이 돋아나기를 바랄게요.

현재의 고통은 아무것도 아니랍니다.
걸림돌이라 여겼던 내 단점들은
어쩌면 신께서 허락하신 선물입니다.
처음부터 우리가 온전하고 완벽했다면,
우리는 당연한 듯 자연스럽게 신을 등지고
소소한 행복 하나 깨닫지 못했겠지요.

미래의 영광은 아무도 알지 못합니다.
하지만 한 가지는 확실히 알 수 있지요.
당신이 믿고 바라고 사랑하는 만큼
아름다운 선물이 기다릴 거예요.
아득히 멀고 먼 나중의 일이 아닙니다.
당장 내일도 아무도 본 적 없는 날이니까요.
이 시가 당신에게 위로가 된다면
나도 이제 당신에게 위로받고 싶습니다.

| 꼬 | 리 | 말 |

좋아하면 닮는 것

오랜만이에요! 인사도, 편지도. 그리고 보고 싶은 마음도. 이번 겨울 감기는 정말 독하다는데 아프지 않고 잘 있지요? 나는 늘 그렇듯이 잘 지내고 있어요. 매번 바쁜 척, 정신없는 척 살고 있지만, 오히려 한가하면 몸살이 나서 지금 삶에 꽤 만족하며 살고 있답니다. 감기는 한 번 걸렸었지요. 정말 아플 때마다 느끼는 거지만 건강만큼 중요한 게 없다는 걸 새삼 깨달아요. 지금은 아주 건강해서 힘이 넘쳐나요.

본업이 수학을 가르치는 일이지만, 그래도 예전에 영어 과외도 했던지라 하고픈 얘기가 있네요. 나는 영어단어를 외울 때 강조하는 것 몇 가지가 있습니다. 반드시 발음기호를 보고 읽으면서 외울 것, 그리고 품사를 구분해서 외울 것, 마지막으로 전치사까지 함께 외울 것. 사실 당연하면서도 굉장히 중요한 부분들이거든요. 오늘은 'like'란 단어에 대해서 말하고 싶어요.

'like'는 누구나 알고 있는 단어지요. '좋아하다'라는 의미의 동사. 하지만 이 단어는 명사, 형용사, 전치사로서의 의미도 있어요. 명사일 때는 '취미'나 '기호'의 뜻이고요. 형용사일 때는 '~와 닮은', '~와 같은', 그리고 전치사일 때는 '~처럼'으로 쓰이지요. 뭔가 신기하지 않나요? 사실 품사에 따라서 뜻이 완전히 달라지는 단어도 많은데 'like'는 다 비슷한 느낌이 많아요. 좋아하기 때문에 취미나 기호가 될 수 있는 거고, 좋아하기 때문에 닮고, 같을 수 있는 거고, 좋아하기 때문에 서로 각자의 모습처럼 변할 수 있겠지요.

생각해 보면 우리는 처음 만났을 때 너무나 닮은 게 많았어요. 서로가 신기하게 느낄 만큼. 그래서인지 우리는 누가 먼저랄 것도 없이 서로에게 빠져들었죠. 하지만 지금 생각해 보니 시간이 지날수록 우리는 서로의 다른 모습에 실망하고, 또 어쩔 땐 그게 상처가 됐었나 봐요. 내 생각과, 내 마음과 같을 거라 믿었는데 그러지 못한 부분들이 계속해서 보였죠. 나는 당신처럼, 당신은 나처럼 되지 못했어요. 나는 이제야 깨달았습니다. 사랑은 처음부터 같은 게 아니라 달랐던 것들이 점점 닮아가는 것임을.

그래도 우리 함께 지내온 추억을 들추다 보면, 우리의 말투나 습관, 또 사진 속의 표정까지도 닮아가고 있음을 알았는데, 어쩌면 우리는 너무 성급하게 자신과 더 닮은 사람을 찾으려 했는지도 모르겠어요. 하지만 한 가지 확실한 것은, 나는 당신을 만나 너무 행복했었고, 그 순간만큼은 마음을 다하여 깊이 사랑하였노라고 말할 수 있습니다. 그리고 지금은 그때 추억을 아름답게 노래하며 살아가고 있어요.

이제 당신은 나 아닌 다른 사람을 만나서 새로운 추억을 만들고, 나 역시 당신 아닌 다른 사람을 만나 새로운 추억을 만들겠지요. 그렇다고 해서 우리 추억이 사라지는 것은 아닙니다. 그저 가끔 앨범에서 오래된 사진을 꺼내보듯, 라디오에서 오래된 노래를 들려주듯, 잠깐이나마 추억을 하나하나 들춰보며 노래할 수 있다면, 나는 충분히 행복할 것 같네요. 그리고 나와 다른 사람을 만나 점점 닮아가도록 노력할게요.

날씨가 차디차네요. 하지만 이 매서운 날씨도 다시 더운 날이 되면 그리울 때가 오겠지요. 사람들은 항상 지금의 행복을 놓치고 살지요. 나는 이제 같은 실수를 반복하지 않으려 합니다. 그래서 난 오늘이 추우면 추운 대로, 더우면 더운 대로 그 안에서 행복을 찾으려 합니다. 당신도 언제 어디서나 크고 작은 행복들을 찾길 바라요. 그리고 또 건강하길 바라요. 안녕.

2018년 겨울, 한밤에 추억을 노래하며
추억 속의 사람이….

마음을 그리는 편지

stamp

to.

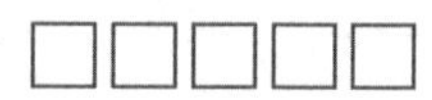

from.

ps.